AF324537

12 Décembre 1895

V

VENTE DU JEUDI 12 DÉCEMBRE 1895

HOTEL DROUOT, SALLE N° 6

à 2 heures

OBJETS D'ART

ET

D'AMEUBLEMENT

BRONZES ET PENDULES

DE BARBEDIENNE ET AUTRES

SCULPTURES — OBJETS VARIÉS

Faïences françaises et Porcelaines

MEUBLES ET SIÉGES

TAPISSERIE — TENTURES

Tapis

EXPOSITION PUBLIQUE

LE MERCREDI 11 DÉCEMBRE 1895

DE 1 HEURE 1/2 A 5 HEURES 1/2

<table>
<tr><td>COMMISSAIRE-PRISEUR</td><td>EXPERTS</td></tr>
<tr><td>M° PAUL CHEVALLIER</td><td>MM. MANNHEIM Père et Fils</td></tr>
<tr><td>10, rue de la Grange-Batelière, 10</td><td>7, rue Saint-Georges, 7</td></tr>
</table>

HONO
IMPRIMERIE DEL'ART

CONDITIONS DE LA VENTE

Elle sera faite expressément au comptant.

Les acquéreurs payeront *cinq pour cent* en sus des adjudications.

L'exposition mettant le public à même de se rendre compte de l'état et de la nature des objets, il ne sera admis aucune réclamation une fois l'adjudication prononcée.

Paris. — Imprimerie de l'Art, E. Moreau et Cⁱᵉ. 41, rue de la Victoire.

DÉSIGNATION DES OBJETS

BRONZES ET PENDULES

1 — Deux vases avec couvercle et sur piédouche en granit vert ; monture en bronze ciselé et doré à mascarons de style Louis XVI.

2 — Vénus au bain, d'après Allegrain. Bronze de *Barbedienne*, patine brune. — Haut., 86 cent.

3 — La Baigneuse, d'après Falconet. Bronze de *Barbedienne*, patine brune. — Haut., 82 cent.

4 — L'Été, d'après Houdon. Bronze de *Barbedienne*.

5 — L'Hiver, d'après Houdon. Bronze de *Barbedienne*.

6 — Cratère, d'après l'antique. Bronze à patine brune.

7 — Petit buste de Marie-Antoinette en bronze à patine brune.

8 — Deux vases à deux anses dragons en bronze avec incrustations, à décor de personnages. Japon.

9 — Statuette : la Vénus de Milo ; bronze de *Barbedienne*.

10 — Statuette : Polymnie, d'après l'antique ; bronze de *Barbedienne*.

11 — Statuette en bronze, signée : *Debut :* Joueur de harpe.

12 — Pendule en marbre blanc et bronze doré, à décor de cariatides, palmettes **et** vase ; frise d'amours. Fin du XVIIIᵉ siècle.

13 — Buste de jeune femme, grandeur nature, en bronze à patine brune. Signé : *de Gravillon, 1881.*

14 — Centauresse portant son petit et lutinée par un singe. Bronze. Signé : *Georges Gardet.*

15 — Encrier en bronze, orné d'un ours et d'un singe.

16 — Coupe en bronze, ornée de rinceaux et mascarons.

17 — Deux grandes girandoles formées chacune d'un vase à deux anses, en cristal et bronze doré ; décor de rinceaux fleuris, pendentifs de fleurs, tore de roseaux ; nombreuses branches porte-lumières garnies de cristaux.

18 — Lustre en bronze doré et cristaux, à vingt lumières. *Maison Barbedienne.*

19 — Deux bras-appliques à cinq lumières en bronze doré, avec guirlandes et pendeloques de cristal. *Maison Barbedienne.*

20 — Lustre à douze lumières en porcelaine à fond bleu et réserves de personnages et fleurs ; monture en bronze.

21 — Deux appliques à trois lumières pouvant accompagner le lustre précédent.

22 — Garniture de cheminée composée d'une pendule et de deux girandoles en bronze doré et porcelaine, à fond bleu, à décor de figurines d'amours, de mufles de lions et de guirlandes.

23 — Lampe à six lumières en cuivre jaune, disposée pour le gaz.

24 — Deux petits candélabres à deux lumières portées par des figurines de personnages. Bronze de style gothique.

25 — Garniture de cheminée en bronze doré : pendule et deux girandoles.

26 — Miroir-applique à deux lumières en bronze.

27 — Deux chenets et galerie de foyer en bronze de style Louis XVI.

28 — Jardinière oblongue en bronze de la Chine, à anses têtes de dragons.

29 — Deux lampes en bronze à décor japonais, disposées pour le gaz.

30 — Buste de jeune fille en bronze à patine brune.

31 — Deux petits bustes sur base cannelée, en bronze : Walter Scott et lord Biron.

32 — Pendule Empire en bronze doré et patiné, surmontée d'une statuette de femme vêtue à la mode du temps.

33 — Deux simulacres de buires en marbre et bronze à anses sirènes. Style Louis XV.

34 — Deux cassolettes de style Louis XVI en bronze doré, à guirlandes et têtes de béliers.

35 — Jardinière de style Louis XVI en marbre blanc, anses statuettes de femmes et base en bronze doré.

36 — Deux candélabres de style Louis XVI en bronze doré et patiné, formés chacun d'un vase porté par trois statuettes de faunesses.

37 — Deux grands flambeaux Empire en marbre ; base et douille en bronze doré.

38 — Deux chenets Empire en bronze patiné et doré, à sphinx.

SCULPTURES

39 — Statuette en terre cuite : Jeune femme debout, le corps en partie couvert d'une draperie. Signée : *Hip. Moreau.*

40 — Statuette en terre cuite : Jeune femme debout, vêtue d'une draperie et tenant des roseaux. Signée : *Hip. Moreau.*

41 — Petit buste en marbre blanc : Portrait de femme. Signé : *J. H. Haseltine.*

42 — Statuette allégorique en terre cuite : une Source.

43 — Trois statuettes, céramique.

CÉRAMIQUE

44 — Deux vases à panse sphérique et col à double renflement en ancienne porcelaine de Chine ; décor en rouge de cuivre et dorure. Monture en bronze de style Louis XV.

45 — Grand plat, décor bleu, oiseaux et compartiments. Chine.

46 — Bouteille émaillée gros bleu. Chine.

47 — Deux potiches avec couvercles, en porcelaine de Chine : fleurs et oiseaux,

48 — Deux pièces, porcelaine : écuelle avec plateau et couvercle, Saxe surdécoré, et pot cylindrique, Japon.

49 — Pendule en porcelaine genre Saxe, ornée de médaillons à personnages et surmontée d'un sphinx.

50 — Deux flambeaux-colonettes en porcelaine de Saxe, à décor d'amours.

51 — Plat, décor à la double corne. Rouen.

52 — Deux assiettes, décor à la corne, ancienne faïence de Rouen.

53 — Deux compotiers, Rouen, décor à la corne.

54 — Deux petits compotiers, Rouen, décor de fleurs.

55 — Plat, décor bleu. Rouen.

56 — Fontaine et bassin, Rouen, avec support-applique en bois.

57 — Porte-bénitier en ancienne faïence de Rouen : décor à la corne tronquée.

58 — Deux petits plats oblongs à bords contournés, décor bleu : sur l'un, sujet de chasse ; sur l'autre, apothéose d'Hercule. Moustiers.

59 — Plat, décor bleu : armoiries. Moustiers.

60 — Plat à bords contournés ; fleurs au centre. Moustiers.

61 — Plat, décor orangé ; fleurs. Moustiers.

62 — Assiette, décors de fleurs en vert et manganèse. Moustiers.

63 — Quatre assiettes ; animaux et fleurs en vert. Moustiers.

64 — Deux vases en ancienne faïence de Savone, à décor
bleu : armoiries, amours, personnages.

65 — Six assiettes à décor de style japonais ; faïence de
Milan.

66 — Deux assiettes, amours et animaux ; faïence du Midi.

67 — Deux petits plats variés, fleurs ; faïence du Midi.

68 — Petit plat, armoiries, décor orangé ; faïence du Midi.

69 — Légumier avec couvercle, fleurs ; faïence du Midi.

70 — Deux vases de pharmacie ; faïence italienne.

71 — Compotier, armoirie et personnages ; faïence italienne.

72 — Deux assiettes, faïence italienne, à décor de fleurs.

73 — Deux vases avec couvercles, décor de fleurs ; faïence
du Midi.

74 — Deux petits plats, Delft, décor rayonnant, à compartiments.

75 — Quatre plats, Delft, décor polychome, fleurs.

76 — Dix assiettes variées, faïence hollandaise, décors bleu
et polychrome.

77 — Petit plat : allégorie de l'eau, suite de Palissy.

78 — Plat à reptiles, genre Palissy.

79 à 81 — Vingt-une pièces, faïence : plat à motifs rocaille
et aiguière, genre Moustiers, deux soucoupes, tasse
trembleuse avec présentoir et couvercle, plat décor bleu,
deux coquilles, petit plat à anses, lampe et coupe en

terre, plat orné d'un cavalier, plateau orné d'un écusson
et de feuillages en bleu, fontaine, gourde, trois assiettes,
deux petits plats genre Delft, plaque à sujet biblique.

82 — Deux vases, céramique japonaise : paysages et fleurs,
décor bleu, rouge, vert et or.

83 — Plat, céramique moderne : fleurs.

84 — Deux bouteilles en porcelaine, ornées d'amours, avec
fleurs en relief.

85 — Deux grands vases en faïence, à décors de sujets guer-
riers ; anses serpents.

86 — Bidet en ancienne faïence de Rouen ; monture en
bois.

87 — Broc, faïence, en forme de personnage sur un tonneau.

88 — Quatre pièces : deux salières, décor bleu et deux petits
vases ; porcelaine.

89 — Deux vases : l'un, en terre vernissée ; l'autre, émaillé
bleu soufflé.

90 — Gourde en terre vernissée japonaise décorée d'un
personnage.

91 — Statuette en biscuit : femme vêtue à l'antique.

92 — Petit groupe en porcelaine blanche de deux jeunes
femmes vêtues de costumes Louis XVI.

93 — Petit groupe allégorique en porcelaine blanche : la
Curiosité.

94 — Deux statuettes en biscuit : la Lecture et la Musique.

95 — Petit groupe en biscuit : sujet pastoral.

96 — Deux petits vases, genre Wedgwood.

97 — Brûle-parfum couvert. Satzuma.

OBJETS VARIÉS

98 — Malle recouverte de cuir et cloutée de cuivre ; décor de cavaliers. Époque Louis XIII.

99 — Lot de cuirs de Cordoue, environ cent morceaux.

100 — Grand plat ovale en argent repoussé, gravé et partiellement doré : le Triomphe de l'Amour ; au marli, des fruits et des animaux. Ancien travail allemand.

101 — Bocal avec couvercle en argent repoussé et sur trois pieds-boules : décor de scènes de chasse ; feuillages sur le couvercle. Travail allemand.

102 — Vidrecome à anse et couvercle en argent repoussé, gravé et partiellement doré, à sujets de danses de paysans et de feuillages. Travail allemand.

103 — Neuf pièces : moutardier, quatre salières et quatre petites cuillères en argent. Époque Empire.

104 — Flacon en argent niellé et doré. Travail russe.

105 — Petit canon en bronze aux armes de France, sur affût en bois.

106 — Armure complète. Style Renaissance.

107 — Deux flambeaux en fer gravé à décor d'arabesques.

108 — Glace dans un cadre Empire doré à décor de palmettes.

109 — Six pièces : quatre lances variées et deux épées de combat.

110 — Quatre pièces : petit canon, deux revolvers et poignard oriental.

111 — Miroir de toilette, cadre en composition.

112 — Violon.

113 — Deux vases en émail cloisonné du Japon.

114 — Deux panneaux en laque du Japon, décorés de fleurs et d'oiseaux en application d'ivoire et de burgau.

115 — Deux volumes : *Theatrum politicum* et *Theatrum asceticum*, années 1758 et 1760. Reliés.

116 — Deux baudriers avec écusson armorié, l'un, aux armes de France.

MEUBLES

117 — Trois fauteuils en bois couverts en tapisserie du temps de Louis XVI, à personnages et animaux.

118 — Deux fauteuils en bois sculpté et cannés, décor de fleurettes. Époque Louis XV.

119 — Deux bergères en noyer sculpté du temps de Louis XV, couvertes en étoffe à fond rouge.

120 — Fauteuil en bois à colonnettes torses avec siège à bascule. Époque Louis XIII.

121 — Meuble-étagère japonais en bois, avec applications d'ivoire, de burgau et parties laquées or et couleurs; frises sculptées et ajourées; fronton formé d'un oiseau de Hô.

122 — Meuble Louis XIII à deux corps, en noyer sculpté, à moulures et ornements; il ferme à quatre portes et contient deux tiroirs. Il est surmonté d'un fronton.

123 — Coffre en bois sculpté, façade ornée de renommées et de dauphins et aux armes de France. XVIIe siècle.

124 — Table en bois incrusté d'os, à dessin géométrique.

125 — Petite table à ouvrage, bois et cuivre.

126 — Canapé en bois, recouvert d'ancienne tapisserie au point, à décor de pièce d'eau, animaux et fleurs sur fond noir.

127 — Fauteuil en bois sculpté; haut dossier et siège garnis en tapisserie au point.

128 — Écran en bois sculpté et doré; feuille en tapisserie au point, à décor d'animaux et de fleurs.

129 — Fauteuil en bois ajouré et sculpté, à décor d'animaux et de l'aigle d'Empire. Ancien travail espagnol.

130 — Commode à trois tiroirs, de style Régence, en marqueterie de bois de rose et de violette à quadrillés; garnitures de bronzes dorés, telles que poignées, chutes à têtes humaines, etc.; dessus de marbre brèche d'Alep.

131 — Enveloppe de poêle, surmontée d'un dressoir de style gothique, en chêne sculpté, à décor d'animaux, fenestrages et feuillages. — Haut, 2 m. 60 cent.; larg., 1 m. 23 cent.

132 — Enveloppe de poêle en chêne sculpté de style Louis XIII, à décor de têtes de chérubins, guirlandes et moulures ; elle est surmontée, dans un encadrement en chêne sculpté à cariatides, figure équestre et pampres, d'une peinture sur bois, nature morte, par *Gesa*, signée et datée 1866. — Haut., 2 m. 65 cent.; larg., 1 m. 25 cent.

133 — Coffre en bois sculpté, décor de cariatides et feuillages.

134 — Coffre en bois sculpté de style gothique.

135 — Table en chêne sculpté de style gothique.

136 — Support en bois sculpté à feuillages.

137 — Armoire en chêne.

138-139 — Sept chaises en bois, dont trois cannées.

140 — Table de milieu en bois sculpté, peint blanc et doré ; dessus de marbre blanc. Style Louis XV.

141 — Six chaises en bois peint blanc et doré ; sièges couverts en damas rouge et capitonnés. Style Louis XV.

142 — Deux poufs capitonnés en damas rouge.

143 — Deux supports en bois noir de style chinois.

144 — Pannetière en bois sculpté. XVIIIe siècle.

145 — Pupitre en marqueterie de bois et de cuivre.

146 — Chambre à coucher, composée d'une armoire à glace, un lit avec ciel de lit, une table de nuit, deux fauteuils, deux chaises et une console, en bois laqué vert et blanc et étoffe.

TAPISSERIES, TENTURES

TAPIS

147 — Tapisserie de la fin du xvi° siècle, à sujets de chasse ;
fond de verdure avec habitations. — Haut., 2 mètres ;
larg., 2 m. 25 cent.

148 — Bonne grâce et quatre rideaux en étoffe rouge.

149 — Lot de morceaux de tapisserie. Époque Renaissance.

150 — Tenture de chambre en satin broché à fleurs sur fond
bleu : quatre rideaux et morceaux.

151 — Tenture en soie rouge armurée.

152 — Tapis.